Analyse de l'œuvre

Par Aurélie de Gerlache

Le Bal des folles

Victoria Mas

lePetitLittéraire.fr

Analyse de l'œuvre

Par Aurélie de Gerlache

Le Bal des folles

Victoria Mas

lePetitLittéraire.fr

Rendez-vous sur lepetitlitteraire.fr et découvrez :

Plus de 1200 analyses
Claires et synthétiques
Téléchargeables en 30 secondes
À imprimer chez soi

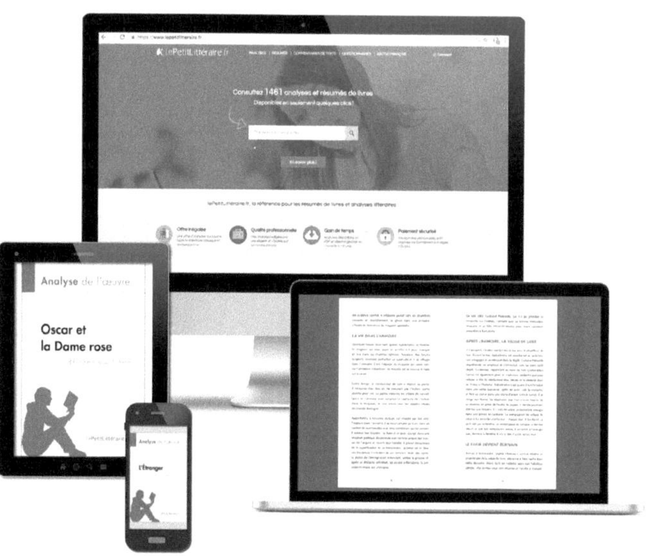

LE BAL DES FOLLES

UN ROMAN QUI MET EN SCÈNE LES FEMMES INTERNÉES À L'HÔPITAL PSYCHIATRIQUE DE LA SALPÊTRIÈRE À LA FIN DU XVIIIe SIÈCLE À PARIS.

- **Genre :** roman de fiction dans un contexte historique
- **Édition de référence :** *Le bal des folles*, Paris, Albin Michel, 2019.
- **1re édition :** 21 aout 2019
- **Thématiques :** Condition de la femme à la fin du XIXe siècle, psychiatrie, fondements du mouvement spirite.

À travers ce premier roman, Victoria Mas relate les évènements du mois qui précède le 18 mars 1885, jour auquel aura lieu le Bal des folles. Chaque année, à la Mi-Carême, se tient, à la Salpêtrière, hôpital psychiatrique pour femmes, le très mondain Bal des folles. Le temps d'un soir, le Tout-Paris bourgeois s'encanaille en compagnie des internées, déguisées en colombines, gitanes, zouaves et autres danseuses espagnoles. Ce bal est l'une des expériences du célèbre neurologue, le docteur Charcot, adepte de l'exposition des fous.

Victoria Mas choisit dans son ouvrage de retracer le destin de ces femmes victimes d'une société masculine qui aliène toutes celles qui dérangent l'ordre établi. Parmi elles, Geneviève, intendante dévouée corps et âme au Docteur Charcot ; Louise, une jeune fille abusée par son oncle ; Thérèse, une prostituée au grand cœur ; et enfin Eugénie qui, parce qu'elle dialogue avec les morts, est internée par son père.

Si, comme les personnages, c'est le bal que l'on attend impatiemment, au fil des pages, le lecteur assiste à une réelle danse des mots qui met en scène des robes délacées, des châles tricotés, des chemises de nuit errantes, mais aussi des âmes esseulées, des voix oubliées, des vies humiliées et condamnées. C'est un véritable hymne à la liberté pour toutes les femmes que le XIXe siècle a essayé de faire taire.

VICTORIA MAS

ÉCRIVAINE FRANÇAISE

• Née en 1987 au Chesnay dans les Yvelines en France.

Victoria Mas est la fille de Jeanne Mas. Elle a travaillé dans le cinéma comme assistante de production, scripte et photographe de plateau. Elle étudie le cinéma et la littérature anglo-américaine aux États-Unis où elle a vécu 8 ans.

Elle y publie un ouvrage dédié à la cuisine française, véritable guide pour les Américains désireux de se familiariser avec les us et coutumes gastronomiques en vue d'un séjour en France : *The Farm to Table French Phrasebook: Master the Culture, Language and Savoir Faire of French Cuisine*, Ulysses Press, 2014.

De retour en France, elle obtient un master en littérature à la Sorbonne et publie son premier roman, *Le Bal des folles*, en 2019.

Ce dernier est un grand succès littéraire et lui vaut de recevoir :

- le prix Stanislas du premier roman,

- le prix Patrimoines BPE,

- le prix Première Plume,

- le prix Renaudot des lycéens, le 14 novembre 2019.

Le Bal des folles a pour cadre l'hôpital de la Salpêtrière à la fin du XIXe siècle et les recherches du docteur Charcot sur l'hystérie et l'hypnose auprès de femmes internées. Le roman a été adapté au cinéma par et avec la réalisatrice et actrice Mélanie Laurent. Le film est sorti le 17 septembre 2021. (« Victoria Mas » [en ligne]).

RÉSUMÉ

Bientôt, comme chaque année à la Mi-Carême, à la Salpêtrière, va avoir lieu un grand évènement appelé le « bal des folles ». La bourgeoisie parisienne pourra approcher ces « folles » et ainsi fantasmer et ressentir le grand frisson en les voyant valser.

À la Salpêtrière, Geneviève, intendante du service du Dr Charcot depuis toujours, accompagne l'une de ses protégées, Louise, à la séance d'hypnose qui aura lieu en public. Louise a 16 ans et est internée depuis trois ans. Elle est sujette à des crises d'hystérie sévères suite à des viols répétitifs par son oncle. Le docteur Charcot, très réputé dans tout Paris, ayant la conviction que sa pratique fera progresser la médecine, est l'initiateur du changement à la Salpêtrière. Avec lui, l'hôpital psychiatrique qui était une prison pour femmes est devenu le théâtre de ses expériences. En mettant Louise sous hypnose, Charcot recrée une crise d'hystérie pour permettre d'en étudier les symptômes. À chaque séance, Louise s'effondre à la suite de la crise qu'on lui a imposée sous des regards abasourdis et, alors que le public quitte la salle, c'est Geneviève qui la relève et en prend soin.

Loin de l'ambiance dépravée que fantasme le Tout-Paris, c'est une atmosphère tranquille qui règne dans les couloirs de la Salpêtrière. Entre les repas et la lumière qui s'allume et s'éteint au fil des jours et des nuits qui passent, on passe la serpillère, Thérèse, la plus ancienne, tricote des châles pour ses comparses à longueur de journée. Geneviève, elle, prend soin de ses internées sans pour autant s'émouvoir des histoires de chacune. Depuis toujours athée, elle ne croit plus qu'en la science et avec plus de ferveur encore depuis la mort de sa jeune sœur, Blandine, à qui elle écrit des lettres qu'elle cache dans une boite close.

En parallèle, sur le boulevard Haussmann, vit une famille bourgeoise, la famille Cléry. Eugénie, la fille, a dix-neuf ans, elle est fougueuse et en quête d'émancipation. Elle a un secret qu'elle ne peut risquer de confier à ses proches sous peine d'être enfermée à La Salpêtrière : elle a des visions et communique avec les personnes défuntes.

Comme on le pressent assez rapidement, ces deux histoires vont s'entremêler.

Contre l'avis de son père et en exerçant du chantage sur son frère ainé Théophile, Eugénie réussit à assister à une réunion d'intellectuels. Au milieu de ce groupe d'hommes influents dont elle reste à l'écart malgré son envie de crier leur étroitesse de pensées, elle surprend une conversation sur les hérétiques, ceux qui parlent et croient aux esprits et fantômes. L'ouvrage d'Allan Kardec, *Le livre des esprits*, est évoqué et fait écho aux visions et voix de défunts qu'elle entend depuis très jeune. Elle parvient à se procurer l'ouvrage dans une librairie secrète tenue par des amis de l'auteur. À la lecture de ce livre, elle réalise que c'est un don, qu'elle n'est pas folle et qu'elle pourra même aider les autres grâce à cette capacité. Un soir, après le diner, alors qu'elle peigne et borde sa grand-mère qui vit sous le même toit, elle sent à nouveau la présence de son grand-père décédé et choisit de se confier à sa grand-mère. Quelques jours après, son père et son frère lui proposent une promenade dont elle se réjouit, mais elle réalise très vite qu'elle a été trahie par la vieille femme, la sortie n'aura pas d'issue ; elle est internée à la Salpêtrière.

Eugénie se débat comme elle peut et finit par se faire isoler. Alors que Geneviève, l'intendante en chef, lui rend visite pour s'assurer de son état et lui servir un repas, Eugénie sent la présence de Blandine, la jeune sœur décédée de l'infirmière. Elle communique cette présence et la carapace de Geneviève est ébranlée. Alors qu'Eugénie est finalement amenée au dortoir avec les autres folles, elle garde la voix de cette jeune femme en tête : « Je suis sa sœur, Blandine. Dis-lui. Elle t'aidera » (p. 93). Eugénie découvre alors ses nouvelles compagnes d'infortune et se liera très vite avec la jeune Louise qui deviendra sa protégée. Louise lui parle du Bal qui aura lieu très prochainement. Ce Bal où les folles du service du Docteur Charcot sont exposées le temps d'un soir au Tout-Paris. Folles et bourgeois se mélangent le temps d'une nuit, on ne sait plus qui est fou ou pas. C'est une autre des expériences du Docteur Charcot dans ses recherches et avancées médicales en psychiatrie. Louise explique à Eugénie que Jules, un intendant du Docteur Charcot, a promis de la demander en mariage ce soir-là, après quoi il l'emmènera et elle sera libre. Thérèse, la matriarche des aliénées, et la centaine de femmes du dortoir rentrent en scène. Le destin d'Eugénie appartient désormais à celui de ces vies volées et oubliées. À la visite médicale, Eugénie s'insurge devant le corps médical qui l'examine comme du bétail.

Le malaise envahit la salle et Eugénie retourne à l'isolement sur ordre du docteur en chef.

Dans le dortoir, les préparatifs pour le bal continuent, la salle de l'hospice où le bal aura lieu est décorée, les aliénées mettent la main à la tâche. En dehors de l'hôpital, le haut Paris a reçu l'invitation à assister au Bal et attend avec autant d'euphorie que les aliénées ce grand soir. Geneviève reçoit alors la visite de Théophile, le frère d'Eugénie. Pris de remords, il vient s'enquérir de l'état de sa sœur et lui apporter *Le Livre des Esprits* d'Allan Kardec avant que son père ne le brule. Geneviève redoute cette lecture, mais après quelques hésitations, elle passe la nuit à le lire. Le lendemain, elle sort Eugénie de son cachot, elle aimerait parler avec sa sœur défunte. Blandine intervient et Eugénie prie Geneviève de courir voir son père, il est en danger. Lorsque Geneviève pénètre dans la maison où elle a grandi, son père a réellement eu un malaise. Eugénie disait vrai. C'est Blandine qui l'a amenée là. Cette idée démentielle l'apaise pourtant. Au chevet de son père, médecin retraité, scientifique convaincu et raisonné, elle se confie sur cet évènement. Il menace sa fille de la faire elle-même interner. Elle a perdu grâce aux yeux de son père.

À la Salpêtrière, alors que Geneviève est absente, a lieu une nouvelle séance d'hypnose publique pour Louise. La jeune fille ne se relèvera pas de cette crise. Geneviève arrive finalement, mais Louise est paralysée, Charcot diagnostique une hémiplégie latérale. Geneviève serre Louise dans ses bras, c'est la première fois qu'elle enlace une aliénée. Eugénie, inspirée, chante à Louise une berceuse que sa mère lui chantait enfant. Geneviève surprend la chanson et s'entretient avec Eugénie qu'elle n'avait plus revue depuis l'incident avec son père. Eugénie peut maintenant décrire des images, elle évoque à Geneviève la mort de sa mère, la maison de son enfance qu'elle ne peut avoir connue. Geneviève décide de sortir Eugénie de cet hôpital et va plaider en sa faveur chez le docteur Charcot. Ce dernier s'insurge et prend avec dédain sa fidèle intendante qui ose remettre en question sa parole de médecin. Geneviève convient alors de recourir aux grands moyens et va rendre visite à Théophile au domicile des Cléry. Ce dernier et sa culpabilité pourront aider Eugénie à sortir, et cela le soir du Grand Bal. Geneviève expose son plan à Théophile, qui, bien que terrorisé, accepte.

C'est le grand soir, les cochers du Tout-Paris s'agglutinent devant les portes de la Salpêtrière qui vont s'ouvrir sur le Bal des folles. Un médecin-chef accueille les invités et présente les folles du Docteur Charcot. Tout le monde se dévisage, la fête des folles va commencer. À quelques pas se tient Louise, dans son corps paralysé et sa robe de bal. Son fauteuil roulant est attrapé par Jules, il la conduit à travers les couloirs, c'est le grand soir, il va faire sa demande. Elle se rend compte qu'il a bu, il ferme la porte d'un bureau à l'écart et abuse d'elle en la violant. Dans la salle, alors que l'orchestre bat son plein, Théophile a repéré Eugénie. À l'autre bout de la salle, Geneviève commandite le plan du regard. À son signal, tous les trois se faufilent à travers la foule. Ils sont repérés et poursuivis, mais parviennent à franchir le portail de derrière. Eugénie veut emmener Geneviève, mais cette dernière refuse.

Elle connait le sort qui lui est réservé et se sent portée par la présence de sa sœur Blandine.

Trois ans plus tard, Geneviève a les cheveux lâchés et porte sur les épaules un des châles de Thérèse. Elle écrit une lettre à sa sœur : « maintenant qu'elle était une folle parmi les folles, elle paraissait enfin normale » (p. 232). Louise, quant à elle, a sombré dans le silence suite au viol, mais le choc a eu raison de sa paralysie et ses membres ont fonctionné à nouveau dès le lendemain. Thérèse est partie dans son sommeil et Louise a retrouvé la parole au moment de rendre hommage à la matriarche du service. Louise a repris les aiguilles à tricoter de Thérèse. Eugénie, quant à elle, est publiée dans une revue spirite, elle a fui sa famille et donne de ses nouvelles régulièrement à Geneviève.

ÉTUDE DES PERSONNAGES

EUGÉNIE CLÉRY

Fille du notaire Cléry, elle a 19 ans et est élevée dans une famille bourgeoise, elle a un frère et vit avec ses parents et sa grand-mère. Elle entretient des relations convenues avec sa mère, cordiales avec son frère qui, lui, répond docilement aux normes sociales de son époque. Pour sa part, éprise de liberté et d'émancipation de son appartenance sociale, elle réalise très tôt qu'elle est dotée d'un don, celui de voir et entendre les morts. Ignorée par son propre père, elle sait qu'elle ne trouvera grâce à ses yeux que le jour où elle aura trouvé un bon parti et ainsi deviendra une bonne épouse et une bonne mère. Elle prend soin de sa grand-mère en qui elle a confiance. C'est paradoxalement sa faculté de passeur d'âme qui la fera interner, mais aussi délivrer de cet asile, grâce à l'intercession d'une défunte. Insurgée par le sort qui lui est réservé ainsi que celui de ses congénères, elle tiendra tête aux médecins et à leurs pratiques inhumaines sur leur sort. Isolée pour son impertinence envers l'autorité masculine et médicale, elle mènera un combat solitaire de grève de la faim pour contester cette injustice. Elle fera preuve d'une force de caractère inouïe tout au long du roman et si elle souffre dans son corps, sa rage la tiendra en vie.

Envers et contre tout avide de cette liberté, elle réussira à s'échapper de son aliénation, de l'autorité paternelle et pourra ainsi mettre à profit et développer le don qu'elle a d'entendre et voir les esprits. Elle sera connue dans une petite sphère d'intéressés à Paris et écrira dans une revue spirite.

GENEVIÈVE

Infirmière, dévouée corps et âme au professeur Charcot, à la médecine et à la science, elle a passé sa vie à veiller sur les folles, et cela aux dépens de sa propre vie. Souffrant de la perte de sa jeune sœur de 19 ans, Blandine, qu'elle aimait profondément, à qui elle écrit régulièrement, elle dédie son existence au service du docteur Charcot et de ses aliénées. Déjà enfant, elle était révoltée intérieurement contre la religion et la foi, la mort de sa jeune sœur alors que Geneviève avait 18 ans l'emmure définitivement dans la certitude que Dieu n'existe pas.

Ayant suivi son père, médecin de campagne respecté, depuis son plus jeune âge, sa vocation d'infirmière s'est très vite avérée. Elle a lu tous les livres de médecine dans lesquels elle a très vite placé toute sa foi. C'est de Paris qu'elle rêve, là où exercent tous les plus grands médecins. N'ayant pas accès à la profession de médecin de par sa condition de femme, elle a malgré tout trouvé sa place parmi eux. Elle admire les médecins et le grand Charcot plus que tout. Ayant refusé la demande en mariage d'un jeune médecin, elle s'interdit de vivre depuis la mort de sa sœur Blandine, ressentant une culpabilité à l'idée de vivre alors que sa sœur ne connaitra jamais le fait d'être épouse et mère. Avec la rencontre d'Eugénie, les différentes apparitions de Blandine et la lecture du *Livre des esprits* d'Allan Kardec, elle décide d'aider Eugénie à s'enfuir, car celle-ci n'est pas la sorcière que tout le monde craint. Réduite au silence par le docteur Charcot alors qu'elle ose émettre un avis et ainsi remettre en doute la parole des médecins, elle réussit envers et contre tout à faire échapper Eugénie de la Salpêtrière. Cela en connaissant dès lors le sort qui lui sera réservé : être internée à son tour.

Dans une lettre qu'elle adresse à sa sœur :

> « T'ai-je dit combien je me sentais sereine, depuis que je doute ? Oui, il ne faut pas avoir de convictions : il faut pouvoir douter, de tout, des choses, de soi-même. Douter. Cela me semble si clair depuis que je suis de l'autre côté, depuis que je dors dans ces lits qui me faisaient horreur auparavant » (p. 233).

LOUISE

Adolescente de 16 ans, elle est devenue orpheline très jeune et, alors qu'elle est élevée par sa tante et son oncle, elle sera violentée et violée par ce dernier. Décriée par sa tante, elle est internée à la Salpêtrière. Sujet de prédilection du professeur Charcot, elle se livre corps et âme à ses expériences d'hypnose publique pour recréer les crises d'hystérie dont elle souffre. Elle croit en l'amour et attend que Jules, un intendant, la demande en mariage et puisse la rendre libre.

Mais lors d'une séance, l'excès de zèle des médecins condamne Louise à l'hémiplégie. Ses rêves de Bal, de mariage et tout ce qui s'ensuit s'anéantissent en même temps. Et c'est finalement l'appartenance, la fidélité et l'entraide qui règnent entre les femmes du Docteur Charcot qui finira par avoir raison de son silence, celui dans lequel elle s'est emmurée après le choc du viol par Jules.

THÉRÈSE

Ex-prostituée, employée par son amant, alors qu'elle découvre son infidélité, elle le pousse dans la Seine. Il ne meurt pas, mais elle est enfermée à la Salpêtrière à la suite de cet incident. Plus ancienne internée, c'est la matriarche du service, elle tricote toute la journée et ne sortirait de cet asile pour rien au monde, de peur du monde extérieur. Alors que le docteur Charcot dit à Thérèse qu'elle est guérie et qu'elle peut sortir, elle s'ouvre les veines. Elle ne meurt pas de cette tentative d'en finir et disparait dans son sommeil trois années plus tard.

LE DOCTEUR CHARCOT

Célèbre neurologue français ayant réellement existé, Jean-Martin Charcot, né à Paris le 29 novembre 1825 et mort à Montsauche-les-Settons le 16 aout 1893, est un neurologue français, professeur de clinique des maladies nerveuses à la faculté de médecine de Paris et académicien. Découvreur de la sclérose latérale amyotrophique (SLA), une maladie neurodégénérative à laquelle son nom a été donné dans la littérature médicale francophone, il est le fondateur avec Guillaume Duchenne de la neurologie moderne et l'un des grands promoteurs de la médecine clinique, une figure du positivisme.

Ses travaux sur l'hypnose et l'hystérie, à l'origine de l'École de la Salpêtrière, ont inspiré à la fois Pierre Janet dans ses études de psychopathologie et Sigmund Freud, qui a été brièvement son élève et l'un de ses premiers traducteurs en allemand, en ce qui concerne l'invention de la psychanalyse (« Jean-Martin Charcot » [en ligne]).

Dans le roman, sa notoriété est mise en exergue, sans pour autant qu'il ne soit l'un des personnages principaux, mais son aura plane constamment sur le service de ces femmes dont il est à la tête. Les séances d'hypnose publiques qu'il instrumentalise devant une assemblée de médecins et soignants sont mises en scène brillamment. Le roman fait référence à Augustine, l'une de ses patientes historiques, et c'est Louise dans *le Bal des folles* qui incarne cette aliénée, cobaye et sujet de ces expériences. Sa figure paternaliste est représentée dans l'altercation qu'il aura avec Geneviève, son intendante en chef, lorsque celle-ci se permettra de remettre en question son diagnostic sur le cas d'Eugénie Cléry. Au nom de la science et des avancées médicales, il mène son service et ses expériences sans relâche. En dehors des murs, il est réputé dans le Tout-Paris de par sa figure d'éminent docteur, mais aussi parce qu'il a réhumanisé la Salpêtrière, auparavant une prison pour femmes, désormais devenue un hôpital psychiatrique.

THÉOPHILE CLÉRY

Jeune bourgeois, il est le frère ainé d'Eugénie. Seul fils, il est adulé par son père qui voit en lui en futur notaire.

Mais Théophile subit les mêmes pressions sociales que sa sœur ; s'il s'écoutait, il partirait voyager. Il fréquente en cachette une jeune femme d'un milieu moins aisé, ce qui ne plairait absolument pas à leur père. Contrairement à sa sœur, il s'est résolu à sa situation et fréquente les cercles politiques d'hommes aux idées convenues et réactionnaires. Partie prenante dans l'internement d'Eugénie, car trop lâche pour s'opposer à son père, il s'acquittera de cette allégeance en aidant Geneviève à faire sortir Eugénie de la Salpêtrière. Il fait preuve de courage et d'affirmation au fil du roman en s'écartant de sa famille pour délivrer sa sœur.

FRANÇOIS CLÉRY

Notaire, il est le père d'Eugénie Cléry, c'est le portrait absolu du patriarche sévère et borné. Il adule son fils ainé qu'il imagine déjà comme successeur notaire et notable et n'attache aucune attention à sa fille trop révolution-naire à son gout. Lui trouver un bon parti fait partie de ses aspirations les plus importantes. Découvrir qu'elle prétend entendre les morts le mortifie de honte. Il pré-fère condamner sa fille à l'oubli et l'internement plutôt que défrayer la bienséance et l'ordre moral.

LA SALPÊTRIÈRE

La description de cet édifice construit au XVIIe siècle, les arbres qui ornent la cour intérieure et les jardins, les oiseaux qui ont trouvé refuge dans ce colosse, le claque-ment des sabots de chevaux sur le pavé interviennent comme un véritable décor du roman. Les murs de la

Salpêtrière semblent vivants et agissent comme de réels personnages. Ces murs sont habités par les spectres de toutes les femmes qui n'ont pu quitter ces lieux, autrefois prison, dépotoir humain pour devenir enfin un asile psychiatrique au temps du roman. En effet, ce bâtiment étant présent tout au long du roman, on y déambule à travers les mots par le toucher, l'odorat, l'ouïe et la vue. La narration construite à travers les méandres de cet hôpital donne tantôt l'illusion de l'internement tantôt d'une cité joyeuse.

CLÉS DE LECTURE

UN ROMAN QUI FAIT RÉFLÉCHIR SUR LA CONDITION FÉMININE À LA FIN DU XIXᵉ SIÈCLE

C'est un véritable hymne à la liberté pour toutes les femmes que le XIXᵉ siècle a essayé de faire taire.

> *Son corset la gênait horriblement. Aurait-elle su qu'elle allait parcourir une aussi longue distance, elle l'aurait laissé dans l'armoire. Cet accessoire a clairement pour seul but d'immobiliser les femmes dans une posture prétendument désirable, non de leur permettre d'être libres de leurs mouvements ! Comme si les entraves intellectuelles n'étaient pas déjà suffisantes, il fallait les limiter physiquement. À croire que pour imposer de telles barrières, les hommes méprisaient moins les femmes qu'ils ne les redoutaient.* (p. 52)

Cette phrase du roman illustre le contexte historique de la fin du XIXᵉ siècle, où le dictat patriarcal prévalait avant tout. Les exclusions de certaines femmes, dites « aliénées », étaient abusives. À la Salpêtrière, toutes les femmes étaient mêlées ; l'une s'étant emportée à la suite des infidélités de son mari, l'autre dite dépravée car s'affichant au bras d'un amant de 20 ans son cadet, ou encore une jeune veuve jugée trop mélancolique, et cela au même titre qu'une vanupied exposant son pubis

aux passants ou une dernière sujette à des crises d'hystérie suite à des viols répétitifs.

Ce corset physique, attribut obligatoire féminin de
l'époque, représente aussi un « corset moral et social »
supporté par toutes les femmes déviant de leur destinée
univoque de mère ou d'épouse, dès lors qu'elles déran-
geaient l'ordre bourgeois, et remettaient en doute et en
question la « parole masculine ».

À travers son écriture fluide, sensible et ajustée,
Victoria Mas dépeint différents portraits féminins atta-
chants et lumineux :

- Eugénie, symbole de toutes ces femmes avides de
liberté qui ont tenté envers et contre tout de s'émanci-
per de l'autorité masculine ;

- Louise, cette jeune adolescente qui malgré la dés-
illusion croit encore en l'amour, la séduction et le
mariage ;

- Geneviève, cartésienne convaincue, célibataire endur-
cie, emmurée dans le chagrin du deuil, n'ayant plus foi
qu'en la science, et qui laisse le doute et la vie s'immis-
cer en elle à nouveau ;

- Thérèse, ancienne prostituée, matriarche et sage du
service du Dr Charcot, elle tricote et détricote la vie de
la Salpêtrière.

Parallèlement, l'auteure dépeint sans réserve le pouvoir
abusif des hommes sur le sort de ces femmes à travers
les différents personnages masculins :

- François Cléry, notaire bourgeois, véritable cliché du modèle patriarcal qui préfère faire interner sa propre fille qui entend et voit les défunts, en la condamnant à l'oubli, plutôt que décrier l'ordre moral et social ;

- Jules, le jeune intendant qui n'hésite pas à abuser de son pouvoir et des sentiments de la jeune Louise, paralysée sur un lit d'hôpital, pour la violer ;

- Le Docteur Charcot, adulé par ses internées de par notamment l'emprise qu'il exerce sur elles, suscite également le dédain chez le lecteur en dénigrant Geneviève, son intendante, parce qu'elle ose (malgré sa condition de femme) émettre un avis.

On retrouve également les jeunes hommes des cercles politiques et intellectuels exclusivement masculins se complaisant dans leurs visions étriquées et cadenassées, mais aussi le Dr Barbinski, assistant de Charcot qui, par excès de zèle médical et de pouvoir, condamne Louise à la semi-paralysie, et bien d'autres encore.

Pétris de peur et d'un sentiment de supériorité, tous sont tatoués de ces différentes facettes de l'emprise masculine sur la femme à cette époque.

Victoria Mas fait monter l'insurrection intérieure chez le lecteur qui découvre la manière dont sont traitées les femmes qui prétendent vouloir étudier, réfléchir ou vivre librement, tout simplement. Quant à celles qui souffrent psychologiquement, l'entrée à la Salpêtrière relèvera plus de l'enfermement que du soin. Seuls Théophile, le frère d'Eugénie, ou encore certains poètes et auteurs alternatifs trouvent grâce aux yeux de l'auteur, au fil du roman. Puisque Théophile, coresponsable de l'internement, participe finalement à la libération de sa sœur et les poètes, eux, participent à l'épanouissement et à la révélation à elle-même d'Eugénie quant à son don d'entendre les morts.

Ce roman est avant tout un plaidoyer féministe. Si certains traits de ces portraits demeurent encore hélas dans notre société actuelle, c'est un véritable tableau historique de tous ces archétypes des modèles masculins et patriarcaux, de ce pouvoir abusif exercé sur les femmes. On y reconnait le terreau qui a fait naitre la pensée et les mouvements féministes jusqu'à aujourd'hui pour déconstruire petit à petit ce modèle archaïque et enfin pouvoir avancer de plus en plus vers une égalité harmonieuse des sexes.

CONTEXTE HISTORIQUE ET DÉBUTS DES AVANCÉES DANS LA RECHERCHE MÉDICALE EN NEUROLOGIE ET PSYCHIATRIE

Le roman, s'il est fictionnel, s'inscrit dans un contexte historique et se base sur des évènements réels tels que l'existence du service du Docteur Charcot et de lui-même à l'hôpital de la Salpêtrière à Paris à la fin du XIXe siècle, anciennement prison pour femme. « Des avancées médicales émergèrent ; la salpêtrière devint un lieu de soins et de travaux neurologiques. Une toute nouvelle catégorie d'internées se forma dans les différents secteurs de l'enceinte : on les nomma hystériques, épileptiques, mélancoliques, maniaques, ou démentielles » (p. 97). Si les compresseurs ovariens, l'éther ou le chloroforme, l'application de zinc et aimants sur les membres paralysés font frémir, ils représentaient de véritables avancées et avaient de réels bénéfices. Avec l'arrivée du docteur Charcot, la pratique de l'hypnose devient tendance et met en scène les aliénées lors de séances publiques. Les séances publiques d'hypnose que donne Charcot avec Louise comme cobaye, devant une assemblée de médecins et notables, avaient pour but de recréer une crise d'hystérie afin d'en étudier les symptômes. Les séances de photographies en saccade des aliénées du Docteur Alborde sont aussi évoquées et font partie des fondements des recherches sur la maladie dite de l'hystérie. Dans le roman, les noms d'Augustine ou Blanche Wittman sont évoqués, Louise fantasme d'être l'une d'elles, une sorte de bête de foire aux allures d'actrice de théâtre. Ce sont des patientes du docteur Charcot qui ont existé et suscité le fantasme. Le film *Augustine* d'Alice Winocour, en 2012, met en scène la chanteuse Soko dans le rôle d'Augustine et l'acteur Vincent Lindon dans le rôle du docteur Charcot. La relation trouble et controversée de la patiente hystérique et la domination médicale et masculine de son médecin y sont illustrées dans toute la splendeur du septième art. L'histoire de Blanche Wittman, prétendue patiente et amante du Docteur Charcot, est relatée dans le livre *Blanche et Marie* de l'écrivain suédois Per Olov Enquist en 2004. Dans ce livre, l'écrivain imagine que Blanche, patiente atteinte d'hystérie, entre au service de Marie Curie comme assistante et il lui prête une liaison avec le Docteur Charcot. Toutes ses adaptations ainsi que le roman *Le Bal des folles* soulignent bien le voyeurisme et le fantasme que suscite la folie. Cette pratique semble inimaginable aujourd'hui alors que l'hypnose est de plus en plus pratiquée de nos jours, et cela pour traiter des problèmes variés tels que des pathologies psychiatriques ou névrotiques, des chocs violents, mais aussi l'arrêt du tabac ou encore l'apprentissage d'une langue étrangère. Les progrès scientifiques s'inscrivent dès lors dans un processus qui laisse beaucoup de doutes et de révoltes.

La description des examens médicaux dans le roman dégage une atmosphère assez pesante. « Personne n'aime mieux les salles d'examen que les médecins eux-mêmes. Pour ces esprits pétris de science, c'est ici que les pathologies se découvrent, que le progrès se fait. Leurs mains jouissent de faire usage d'instruments qui terrifient ceux sur qui ils s'apprêtent à les utiliser. Pour ceux-là, ceux contraints de se mettre à nu, ce lieu est fait de craintes et d'incertitudes » (p. 115-116). Les conditions de vie déplorables, bien que devenues meilleures à l'arrivée du Docteur Charcot, au sein de cet hôpital psychiatrique, si elles se réfèrent à celles du XIXe siècle, restent encore aujourd'hui un combat. Le pouvoir qu'exerce la médecine au nom de la science, du savoir et du progrès est remis en cause dans la manière de traiter l'humain. Comment ne pas s'interroger sur le prix du progrès que l'on connait aujourd'hui ?

Le caractère public comme les séances d'hypnose publiques et l'aboutissement du roman qu'est le *Bal des folles* soulignent bien la subjugation fantasmée que le monde de la psychiatrie exerce et a toujours exercée sur ceux qui peuvent alors se soulager de ne pas être fous : « Les folles n'effrayaient plus, elles fascinaient. C'est de cet intérêt qu'était né, depuis plusieurs années, le bal de la Mi-Carême, leur bal, l'évènement annuel de la capitale » (p. 98). La limite entre les deux mondes est pourtant tellement ténue. Dans le roman, Geneviève, « garde-folle » de ses aliénées, infirmière fidèle du Dr Charcot, qui retrouve petit à petit son humanité en côtoyant Eugénie et ses dons de ramener la présence de sa sœur défunte, terminera enfermée comme celles qu'elle a soignées toute sa vie. Dans une lettre qu'elle adresse à sa sœur : « T'ai-je dit combien je me sentais sereine, depuis que je doute ? Oui, il ne faut pas avoir de convictions : il faut pouvoir douter, de tout, des choses, de soi-même. Douter. Cela me semble si clair depuis que je suis de l'autre côté, depuis que je dors dans ces lits qui me faisaient horreur auparavant » (p. 233).

Être réellement vivant peut rendre fou ou inversement.

LE RAPPORT AU MONDE INVISIBLE

Le rapport au monde invisible et le dialogue avec les défunts sont abordés dans cet ouvrage. Eugénie, personnage clé du roman, réalise qu'elle est dotée d'un don, celui de voir et d'entendre les morts.

Dans le roman, elle fera la découverte de l'ouvrage *Le livre des esprits* d'Allan Kardec, trouvé dans une librairie alternative. Ce livre existant est l'ouvrage fondateur du spiritisme. Le temps du roman coïncide en effet avec les débuts du spiritisme. Il y a, d'une part, les religieux, les médecins et les scientifiques qui incarnent la raison et la vérité et, d'autre part, le cercle d'intellectuels alternatifs représentés dans le roman par l'éditeur et les amis de l'auteur du *Livre des esprits*, mais aussi celles et ceux comme Eugénie qui voient et entendent les esprits, incarnant la folie et l'hérésie.

Le terme de spiritisme désigne aussi, par extension, les enseignements révélés lors de ces communications, notamment le spiritualisme moderne anglo-saxon initié par les sœurs Fox en 1847, première expression de cette théorie, puis à sa suite la doctrine spirite d'Allan Kardec, pseudonyme de l'instituteur et pédagogue français Hippolyte Léon Rivail Denizard, inventeur des mots « spiritisme » et « spirite ». Il est fondé sur la croyance que certains phénomènes paranormaux sont le moyen pour des entités de l'au-delà appelées « esprits », le plus souvent des personnes décédées, de communiquer avec les vivants. Ce mot s'applique ainsi à un courant disparate où les pratiquants, appelés « spirites », communiquent avec ces « esprits » par divers moyens, notamment des sujets en état de transe (les médiums) ou des supports inanimés (tables tournantes, etc.) (« Spiritisme » [en ligne]).

Parallèlement, après Pierre Janet, l'idée d'une « disso-ciation » mentale qui permettrait à des idées interdé-pendantes de se séparer du système de la conscience normale fut également postulée par le docteur Jean-Martin Charcot pour qui « un état hypnoïde » était caractérisé par un état de conscience différent, où les idées exprimées demeuraient isolées de celles exprimées par la conscience. Breuer puis Freud vont développer des concepts similaires à ceux de Charcot et Janet. Pour la psychanalyse classique, il ne faisait aucun doute que toute « manifestation spirite » était le fait de « l'inconscient » (« Spiritisme » [en ligne]).

Par généralisation, certains auteurs spécialistes de ce domaine parlent de spiritisme pour toute tradition, ancienne ou actuelle, exerçant un culte ou des rites invoquant les entités non physiques que sont l'âme des morts, les anges, les démons, etc. (« Spiritisme » [en ligne]).

Le livre des esprits, publié pour la première fois à Paris le 18 avril 1857, comprend une introduction à la pensée spirite et une série de questions et réponses adressées aux esprits. On dit qu'il est l'ouvrage le plus lu après la Bible. Quelques thèmes énumérés dans l'introduction au chapitre VI par Allan Kardec (« Le livre des Esprits d'Allan Kardec » [en ligne]) :

> *Dieu est éternel, immuable, immatériel, unique, tout-puissant, souverainement juste et bon. Il a créé l'univers qui comprend tous les êtres animés et inanimés, matériels et immatériels.*
>
> *Les êtres matériels constituent le monde visible ou corporel, et les êtres immatériels le monde invisible ou spirite, c'est-à-dire des Esprits.*
>
> *Le monde spirite est le monde normal, primitif, éternel, préexistant et survivant à tout.*

À sa lecture, Eugénie se révèlera à elle-même en s'assurant dès lors qu'elle n'est pas folle et en vérifiant ainsi sa croyance de l'existence des esprits. Elle aimerait mettre ce don au profit des autres et c'est à l'accomplissement de cette envie que l'on assiste tout au long du roman. C'est cette faculté qui cause son internement, mais qui l'en délivre aussi puisque par l'intercession de Blandine, la sœur décédée de Geneviève, elle pourra s'échapper de la Salpêtrière.

La présence des esprits et du monde des défunts, la notion d'âme, le monde visible et invisible, la nature habitée, les pierres de la Salpêtrière imprégnées de ces vies volées sont puissamment transmis dans les mots de Victoria Mas : « C'est un endroit chargé de fantômes, de hurlements et de corps meurtris » (p. 99).

Dans le roman, on distingue clairement cette opposition de la science au monde parallèle des esprits, de la raison à la folie, de la médecine froide et technique à l'attachement et à la foi en l'être humain. Aujourd'hui, si cette dichotomie reste présente, l'émergence de soins dits énergétiques ou d'une médecine dite parallèle réveille ce besoin de remuer le dictat scientifique et médical sur nos vies.

Le roman met en exergue le terreau de beaucoup de certitudes héritées du passé (développées selon les trois axes des clés de lecture) et nous invite à déconstruire ces idées reçues et à nous confronter personnellement et socialement sur le danger de penser détenir la vérité.

PISTES DE RÉFLEXION

QUELQUES QUESTIONS
POUR APPROFONDIR SA RÉFLEXION...

- En quoi la place de la femme à la fin du XIXe siècle fait-elle écho au combat féministe et aux revendications sur la place de la femme dans le monde d'aujourd'hui ?

- Le modèle patriarcal a-t-il encore une place dans notre société actuelle ?

- Comment déconstruire les idées reçues et notre histoire millénaire dans le respect de chaque être humain, homme ou femme, et cela sans passer d'un extrême à l'autre ?

- Qu'est-ce que la manière de traiter les maladies psychiatriques dit de nos époques ? À l'heure où consulter un psychologue fait partie du langage courant, à quel moment bascule-t-on dans la psychiatrie ?

- Quel pouvoir attribue-t-on à la science ? Comment se fier à la médecine sans perdre de vue son jugement personnel ?

- Aujourd'hui, les langues se délient sur les violences obstétricales. Ces violences ont toujours été dénoncées dans le domaine psychiatrique, mais les malades psychiatriques n'étaient pas écoutés, ou du moins avec plus de réserve. Que retenir de cela ? Quelle pratique médicale courante hier pourrait être jugée inacceptable aujourd'hui ou demain ?

- Les progrès scientifiques se font-ils toujours au détriment des plus faibles ?

- Que dit l'émergence des médecines dites parallèles ou alternatives dans notre société actuelle ?

- Quel est notre rapport avec le monde invisible ? Qu'est-ce que ce rapport réveille de notre condition mortelle d'être humain ?

- La religion, quelle qu'elle soit, peut-elle encore subsister et co-exister avec la science aujourd'hui ?

POUR ALLER PLUS LOIN

ÉDITION DE RÉFÉRENCE

- Mas V., *Le Bal des folles*, Paris, Albin Michel, coll. « Livre de poche », 2021.

ÉTUDES DE RÉFÉRENCE

- « Victoria Mas » in wikipedia.org, consulté le 15 octobre 2021. URL : https://fr.wikipedia.org/wiki/Victoria_Mas

- « Jean-Martin Charcot » in wikipedia.org, consulté le 25 octobre 2021. URL : https://fr.wikipedia.org/wiki/Jean-Martin_Charcot

- « Spiritisme » in wikipedia.org, consulté le 8 novembre 2021. URL : https://fr.wikipedia.org/wiki/Spiritisme

- « Le livre des Esprits d'Allan Kardec » in wikipedia.org, consulté le 27 octobre 2021. URL : https://fr.wikipedia.org/wiki/Le_Livre_des_Esprits

SOURCES COMPLÉMENTAIRES

- Kardec A., *Le livre des esprits*, Paris, Didier et Compagnie libraires-éditeurs, 1857.

- Enquist P.O., *Blanche et Marie*, Stockholm, Actes Sud, 2004.

- *Augustine*, film d'Alice Winocour, avec Soko et Vincent Lindon, 2012.

ADAPTATIONS

- *Le Bal des folles*, film de Mélanie Laurent, avec Mélanie Laurent, Lou de Laâge et Grégoire Bonnet, 2021.

Votre avis nous intéresse !
Laissez un commentaire sur le site de votre librairie en ligne
et partagez vos coups de cœur sur les réseaux sociaux !

lePetitLittéraire.fr

- un résumé complet de l'intrigue ;
- une étude des personnages principaux ;
- une analyse des thématiques principales ;
- une dizaine de pistes de réflexion.

**Retrouvez
notre offre complète sur
lePetitLittéraire.fr**

ISBN version numérique : 9782808024297
ISBN version papier : 9782808024303
Dépôt légal : D/2021/12603/54

Conception numérique : Primento,
le partenaire numérique des éditeurs.